Abraham Geiger

Unser Gottesdienst

Abraham Geiger

Unser Gottesdienst

Unveränderter Nachdruck der Originalausgabe von 1868.

1. Auflage 2022 | ISBN: 978-3-37506-282-8

Verlag: Salzwasser Verlag GmbH, Zeilweg 44, 60439 Frankfurt, Deutschland
Vertretungsberechtigt: E. Roepke, Zeilweg 44, 60439 Frankfurt, Deutschland
Druck: Books on Demand GmbH, In de Tarpen 42, 22848 Norderstedt, Deutschland

Unser Gottesdienst.

Eine Frage, die dringend Lösung verlangt.

Von

Dr. Abraham Geiger,

Rabbiner der israelitischen Gemeinde zu Frankfurt a. M.

———————◆———————

Breslau, 1868.

Schletter'sche Buchhandlung (H. Skutsch).

Inhalt.

~~~~

Vorwort.

Die folgenden Blätter, meiner Zeitschrift entnommen, verdienen, meines Bedünkens, weithin Verbreitung und Beachtung, daß thatkräftiges Wirken ihnen folge. Sie wollen Gleichgesinnte, aber Schlummernde erwecken, nicht Andersdenkende bekämpfen. Sie wollen die gedankenlose Gleichgültigkeit aufrütteln, nicht das irgendwie geartete fromme Gefühl stören. So gehe ich mit ihnen auf den wahren höheren Frieden des Herzens aus, bin weit entfernt davon, Kampf aussäen zu wollen; doch darf das Bedenken, es könne ein solcher ungerufen sich daran heften wollen, mich von der Pflicht der ernsten Mahnung nicht ängstlich abhalten. Das Wort der Wahrheit muß auch kämpfend sich durchringen. Uebrigens haben die hier niedergelegten Grundsätze sich auch thatsächlich bereits als friedenspendend erwiesen. Sie liegen meiner Bearbeitung des Breslauer Gebetbuches (1854) zu Grunde, und dieses ist dort wie an anderen Orten gar Vielen lieb und werth geworden. So werden sie auch weiter eine Heilsnahrung erleuchteten und frommen Gemüthern werden!

Frankfurt a. M., 26. Februar 1868.

Verfasser.

Unſer Gottesdienſt.

Die Frage über die Herſtellung des zweckentſprechenden Got=
tesdienſtes, die Anfertigung eines Gebetbuches zumal für die hohen
Feiertage des Neujahrs und des Verſöhnungstages drängt ſich
immer neu auf; ſie liegt beiſpielsweiſe Gemeinden wie Frankfurt a/M.
und Breslau bringend vor. Die geeignete Löſung wird nur er=
möglicht werden, wenn man ſich die gegenwärtig ſich heraus=
ſtellenden Bedürfniſſe klar macht; es wird nothwendig ſein, deren
Zuſammenhang mit unſerer ganzen Anſchauung und mit der voll=
zogenen Geſchichte des Judenthums tiefer zu erfaſſen. Wir müſſen
uns der büſtern Unklarheit, wo auf der einen Seite Mangel an
Befriedigung vorwärts treibt, auf der andern falſche Friedensliebe
zu einem trägen Gehenlaſſen ermuntert, uns aufraffen, beſtimmt
das vorläufig erreichbare Ziel in's Auge faſſen. Dieſem
Zwecke ſollen die folgenden Betrachtungen dienen.

Das Bedürfniß einer Umgeſtaltung des Gottesdienſtes machte
ſich vor allem Andern in der neueren Bewegung des Judenthums
geltend; an der Schwelle der Reformbeſtrebungen treten alsbald
die Verſuche auf, den Gottesdienſt zu verbeſſern. Kaum beruhigt,
zurückgedrängt, theilweiſe befriedigt, erwacht dieſes Bedürfniß immer
wieder von Neuem, breitet ſich über weitere Kreiſe aus und wird
nicht aufhören eine treibende Frage zu ſein, bis die Umgeſtaltung
ſich durchgreifend vollzogen hat. Das liegt in der Natur des Got=
tesdienſtes. Er iſt der volle Ausdruck der tiefinnerſten Ueberzeu=
gung, die umfaſſende Darſtellung aller anregenden Glaubenswahr=
heiten, aller das Gemüth ergreifenden Ahnungen, er kleidet alle
Beziehungen zu Gott, je nach deren Auffaſſung, in tiefempfundene

1

Worte, er ift nicht erfchöpft mit der Darlegung der augenblicklichen
Gefühle des Einzelnen, er erfüllt fich mit der ganzen gefchicht=
lichen Vergangenheit, mit allen Verheißungen und Erwartungen
für die Zukunft, und zwar der ganzen Glaubensgemeinfchaft. So
umfpannt er denn alle Zeiten und will deren Gehalt in fich auf=
nehmen; fo ift er das volle Bekenntniß der Gefammtheit,
das auch im Lobe und in der Bitte feinen Ausdruck findet. In
diefer inneren Bedeutung des Gottesdienftes liegt die hohe Stellung,
welche ihm im Gefammtleben der religiöfen Genoffenfchaft eignet;
er ift eben der reinfte Ausdruck ihres Gefammtbewußtfeins, das
Zeugniß ihrer Zufammengehörigkeit, das geiftige Band, welches die
Glieder am Engften umfchließt. Die einzelne religiöfe Handlung
offenbart nur eine einzelne Seite, ift eine Frucht der Ueberzeugung,
wird von einem Jeden gefondert geübt; der Gottesdienft enthüllt
die ganze Anfchauung, bringt bis in die tieffte Wurzel des Ge=
müthslebens, ift der Einklang, in welchen Alle vereint einftimmen.

Bei diefer tiefen Bedeutung und umfaffenden Wichtigkeit des
Gottesdienftes ift es demnach naturgemäß, daß der Drang, ihn
rein, in geläutertem Inhalte und veredelter Form zur Darftellung
zu bringen, fich immer erneut, nicht zur Ruhe gebracht werden
kann, bis er feine volle Befriedigung gefunden, daß er mit der
fortfchreitenden Vertiefung der religiöfen Erkenntniß gleichfalls
Schritt halten will, nach neuem entfprechendem Ausdrucke ringt.
Aber auch andrerfeits ift es leicht erklärlich, wie gerade feine Um=
geftaltung auf größere Schwierigkeiten ftößt, die Verfuche niemals
ganz befriedigend ausfallen und daher wieder hindrängen, nochmals
mit ihnen zu beginnen. An fich fchon gelingt es fchwer, der tief=
ften Empfindung, der die Seele erfüllenden Ahnung den geeigneten
Ausdruck aufzufinden, der ebenfo die Erhebung des Geiftes wie die
Gefühlswärme aushaucht und erweckt. Was aber vorzugsweife
auf Schritt und Tritt als fchwer zu befiegendes Hinderniß fich
entgegenftellt, das ift die Aufgabe, der Gefammtheit zu genügen,
die, wenn auch in gewiffen Hauptgrundfätzen einig, dennoch den
Einwirkungen der gefchichtlichen Geiftesbewegung in fehr verfchie=
denem Maße folgt, daher unzählige Abftufungen darbietet.

Vergeblich wäre der Verfuch in geiftig bewegten Zeiten, wenn
der ftarre Stillftand der fortfchreitenden Entwickelung gewichen ift,
einen Ausdruck für Alle aufzufinden, einen Gottesdienft, ein Gebet=
buch auffftellen zu wollen, das Allen entfprechend, Allen willkommen

ſein ſollte. Das gelang ſelbſt in ruhigen, geiſtig ſchlummernden
Zeiten nicht, ja es war nicht einmal angeſtrebt worden. Paläſtini=
ſche und babyloniſche Gemeinden, portugieſiſcher (ſefarabiſcher),
provenzaliſcher, franzöſiſch=deutſcher, polniſcher Ritus, und innerhalb
ihrer wieder einzelne Länderſtriche und Gemeinden weichen von
einander nicht unweſentlich ab und ſtellen die bunteſte Mannich=
faltigkeit in ihrem Gottesdienſte dar. Und Dies geſchah nicht eben
blos in naturwüchſiger Bewußtloſigkeit, dem dunkeln Drange des
eigenthümlichen geſchichtlichen Ganges folgend, ſondern wurde
meiſtens von angeſehenen Lehrern, aus ſorgfältiger Erwägung des
Tonangebenden in der Gemeinde, angeordnet und demgemäß
frühere Formeln abgeändert, Anordnungen, welche Aufnahme
fanden, ſoweit der Einfluß reichte, ſoweit ſie Zuſtimmung fanden.
Man fand ebenſowenig an dem Unternehmen der Aenderung Anſtoß,
ſobald ſie nur der Ueberzeugung entſprach, wie an der Abweichung
von anderswo geltenden Normen; man zog den Ausdruck, den man
als entſprechenden betrachtete, dem Einſtimmen in eine verbreitete
ungeeignete Formel vor.

Um ſo weniger nun durfte in der neueren Zeit, welche von
inneren Kämpfen weit mächtiger bewegt wird, erwartet werden,
daß bei den als nothwendig hervortretenden Umgeſtaltungen eine
allgemeine Uebereinſtimmung von vorn herein ſich herausſtellen
werde. Das Bedürfniß war in dem einen Kreiſe lebendiger und
verlangte gebieteriſch ſeine Befriedigung, und es war nicht möglich
zu warten, bis es auch dort, wo es noch ſchlummerte, erwachen,
wo es erſt dunkel ſich regte, zu klarem Bewußtſein ſich ausbilden
werde. Würde man gezögert haben, dem eignen Drange zu genü=
gen, abwartend bis die Geſammtheit von derſelben Empfindung
ergriffen werde, ſo wäre die Folge davon geweſen, daß das neu
erweckte religiöſe Leben wieder gänzlich ertödtet worden; die Kluft
zwiſchen der innern Anforderung und dem beſtehenden Ausdrucke
hätte ſich mächtig erweitert, nothwendig hätte man ſich dieſem immer
mehr abgewendet, und vollſtändige Entfremdung, gänzlicher Abfall
hätte immer weiter um ſich gegriffen. Durch die neue entſprechende
Form wurde im Gegentheil der innere Friede in dieſem Kreiſe
hergeſtellt, und er gab, wenn er auch augenblicklich von der übrigen
Geſammtheit abwich, den Zögernden und Bedenklichen den Muth,
auch ihrer Ueberzeugung Ausdruck zu geben, bot ein lebendiges
Beiſpiel, das in weiten Kreiſen zur Nachahmung erweckte. So hat

in der That die gottesdienftliche Reform fich feit einem halben Jahrhundert immer weiterhin ausgedehnt, neue Gebiete erobert, und ein Stillftand, ein Abfchließen ift um fo weniger möglich, als die innere Bewegung, wenn auch zuweilen weniger geräufchvoll, ihren ununterbrochenen Verlauf hat.

So bleibt die gottesdienftliche Verbefferung in allen Gemein= den, die nicht in religiöfer Stumpfheit verharren oder zur religiöfen Gleichgültigkeit hinabgefunken find, eine Tagesfrage, die fich immer erneut, weil fie noch nicht ganz gelöft ift und auch fo rafch nicht ganz gelöft werden wird. Denn eine jede einzelne Gemeinde fchließt wiederum, wenn fie auch auf dem Standpunkte der fort= fchreitenden religiöfen Erkenntniß fich befindet, Elemente verfchieden= artiger Abftufung in fich, die in ihren Anforderungen nicht voll= kommen mit einander übereinftimmen, zwifchen denen bei einer dem Allgemeinen geltenden Anordnung eine Vermittelung angeftrebt werden muß. Jede Reform ift ja Ueberleitung aus der Vergangen= heit in neubelebte Zukunft; fie bricht nicht etwa mit der Ver= gangenheit, fie erhält vielmehr forgfam das mit ihr verknüpfende Band, fie fetzt nicht blos, ihn neu ftärkend, den auch früher leben= digen Geift in neuen lebenskräftigen Formen fort, fie knüpft auch an alle den Gemüthern liebgewordene Gewohnheit an, fie verfährt nicht mit fchneidiger Confequenz, fie folgt dem Gefetze des gefchicht= lichen Ueberganges.

Bekennen wir es von vorn herein mit aller Offenheit, es wird gegenwärtig eine volle Heilung der Schäden nicht erzielt werden können. Die Abweichung der gegenwärtig herrfchenden Ideen, des Bildungsgrades, den ein großer Theil unferer Männer und Frauen einnimmt, dem unfere Jugend zugeführt wird, erweitert fich zu einem gähnenden Abgrunde, der von denen der unmittelbaren Ver= gangenheit fo fehr trennt, daß er für die nächfte Zukunft noch nicht ganz ausgefüllt werden kann, daß alle unfere Verfuche nur vorbereitende fein können. Dennoch fteht das Vorangegangene uns noch fo nahe, daß es nicht außer Acht gelaffen werden darf, fo fehr es auch von Tag zu Tag fich immer mehr auslebt und eine gar nicht mehr ferne Zeit ihm diefe Berückfichtigung entzieht. Ich rechne zu folchen Fragen, die bei allem in ihnen enthaltenen Drange dennoch für jetzt blos theilweife gelöft werden können, bei denen ein Compromiß ebenfo nothwendig wie ftatthaft ift, befonders die zwei über die Sprache und über die Dauer des Gottesdienftes.

I. Sprache des Gottesdienstes.

Alle Gründe der Abwehr werden die Wahrheit nicht erschüttern können, daß das Gebet nur in der Muttersprache dem Herzen wahrhaft entströmen kann. Jede Aussprache in einem fremden Idiome ist ein Angeeignetes, durch den Verstand Vermitteltes, nicht aus dem innersten Gemüthsleben erwachsen. Unser Gottesdienst jedoch, auf palästinischem Boden zuerst erstanden, nahm auch bald einige bestimmte Formen in der dortigen Sprache an, und diese Sprache war eben die hebräische. Sie war freilich schon damals nicht mehr in ihrer alten biblischen Ursprünglichkeit, sie besaß nicht mehr die unbestrittene Herrschaft auf ihrem alten Heimathsboden, sie war von dem überwiegenden Einflusse des Aramäischen bedroht; allein in dem Kampfe um die Erhaltung der volksthümlichen Selbstständigkeit entzündete sich auch der Eifer für die nationale Sprache. Als dann trotz heldenmüthigem Widerstande der jüdische Staat der Uebermacht Rom's unterliegen mußte, wurden die Bestrebungen und Hoffnungen, das nationale Leben aufrecht zu erhalten, mit Allem, was demselben entfloß und was es zu befestigen geeignet war, noch weit lebhafter ergriffen als zur Zeit [da Tempel und Staat bestanden. Der Zustand, in welchem man sich unter fremder Herrschaft, außerhalb Palästina's, befand, so dachte man, sei ein blos vorübergehender, eine Prüfungszeit im Exile, die einer schöneren Restauration wieder weichen werde. Umsomehr mußten nun alle Institutionen, die in der Vergangenheit, zur Zeit des jüdischen Staatslebens in Geltung waren, möglichst erhalten, andere, die die Erinnerung daran zu erwecken geeignet waren, in's Leben gerufen werden, damit man zur ersehnten Zeit, wohl ausgerüstet, mit dem vollen geistigen Bürgerrechte in die alte neu gewonnene Heimath wieder einziehen könne. Der Gottesdienst ward von diesen Gedanken tief erfüllt, und auch seine Sprache mußte die durch die nationalen Erinnerungen und Erwartungen geheiligte, die hebräische, bleiben. Man verhehlte sich durchaus nicht, daß das Gebet, die Zwiesprache des Menschen mit Gott, nicht an gewisse Laute geknüpft sei, daß es dabei vorzugsweise auf die andächtige Gesinnung ankomme und daß diese sich in jeder Sprache äußern könne und dürfe. Es drangen auch wirklich aramäische Elemente, die man doch eine Zeit lang mit besonderer Ungunst betrachtete, in den Gottesdienst

ein [1]), und auch an andersſprachlichen Zuthaten fehlte es zu Zeiten
nicht. Allein im Ganzen und Großen mußte derſelbe ein hebräiſcher
bleiben; er war eine nationale Inſtitution, gerettet aus der Ver=
gangenheit für eine Zukunft, die dieſelbe vollkommen wieder her=
ſtellen ſollte, und für die die ganze Gegenwart blos ein Uebergangs=
ſtabium bilden durfte, ſo daß Alles treu bewahrt werden mußte,
um dieſe mit heißer Sehnſucht erwartete Zukunft alsbald inaugu=
riren zu können. Wir ehren dieſe tiefe Sehnſucht unſerer Vor=
fahren, welche in der Leidensſchule ihre verklärende Weihe erhielt
und als feſte Zuverſicht reichen Troſt ſpendete. Allein wir ſind
unſererſeits mit hohem Danke erfüllt, daß wir dieſe Romantik des
Schmerzes überwunden haben, daß wir aus ihr in die wahrhaftere
Poeſie des wirklichen Lebens, der Betheiligung an allen ernſten
und eblen Beſtrebungen der unmittelbaren Gegenwart einzuziehen
im Stande ſind. Dieſen Umſchwung der Verhältniſſe und der
Geſinnung hat die mächtige Bewegung der ganzen neueren Welt=
geſchichte bewirkt, aber auch wir haben ernſtlich, hingebend daran
mitgearbeitet, wir haben den Kampf dafür nicht geſcheut und ent=
ziehen uns ihm nicht, wo es noch heute gilt ihn aufzunehmen.
Wir ſind aus dem Traumleben einer nationalen Vergangenheit
und Zukunft in die wahre Gegenwart eingetreten, die Religion löſt
ſich von den Feſſeln ab, mit denen jenes Traumleben ſie um=
ſchlungen hatte; auch die nationale Hülle des Gottesdienſtes wird
bedeutungslos, ja ſtörend, ſie muß ſinken, wenn ſie nicht die neu
erſtarkende Geſinnung trüben ſoll. Bei aller Ehrerbietung für
unſere Vergangenheit, bei aller warmen Anhänglichkeit an dem
geiſtigen Erbe, welches ſie uns überliefert, wollen, dürfen wir nicht
das nationale Gewand erhalten, in welchem ſie aufgetreten, auf=
treten mußte; es iſt unſere religiöſe Pflicht, daſſelbe abzuſtreifen,
unſere Religion entkleidet der beengenden nationalen Schranken in
ihrer weltumfaſſenden Wahrheit zur Erſcheinung zu bringen. Nicht

---

1) Bekanntlich iſt das Kabbiſch in chalbäiſcher Sprache verfaßt, wird
die Kebuſchah in dem mit רבא לציון beginnenden Gebetſtücke chalbäiſch
wiederholt, was beizubehalten gegenwärtig gar keine Veranlaſſung iſt; ebenſo
ſind mehrere Selichoth chalbäiſch abgefaßt. Dem entgegen ſagen ältere Lehrer
mit aller Entſchiedenheit: אל ישאל אדם צרכיו בלשון ארמי, man ſpreche
ſeine Bitte nicht in aramäiſcher Sprache, und wie ein Anderer ſagt, daß wer
Dies bennoch thue, der Mithülfe der dienenden Engel nicht gewärtig ſein
dürfe, weil dieſe kein Aramäiſch verſtehn! (Schabbath 12 b.)

etwa als wollten wir mit einer ſolchen Umgeſtaltung verdächtigenden Angriffen von außen ſchwächlich nachgeben; ſie würden im Gegen= theile den Widerſtand in uns wieder neu wach rufen, in dem ſie uns ſo lange erhalten haben. Wir legen vielmehr unbeſiegt, aber verſöhnt die Waffen nieder, in Frieden uns vereinend und unſere Schätze aller Welt darbietend.

Dieſe innere, mehr ideale Nöthigung zur ſprachlichen Um= geſtaltung unſeres Gottesdienſtes hat zugleich Verhältniſſe in ihrem Gefolge, welche dieſelbe zur realen unausweichlichen Nothwendigkeit machen. Das Hebräiſche war uns ehedem, zur Zeit des nationalen Phantaſielebens, wenn es auch keine lebende Sprache mehr war, nicht in ſeiner Tiefe, kaum correct verſtanden wurde, dennoch eine höhere Heimath, es war die Sprache der Bildung, der Literatur, ſelbſt der heitern Geiſtesübung, des Scherzes und des Witzes, kurz es knüpften ſich daran wirklich die innigſten Beziehungen, weil Religion und Nationalität die zwar todte Sprache mit ihren edelſten Säften durchzogen. Dieſer geiſtige Zuſtand iſt geſchwunden, ſchwindet von Tag zu Tag mehr. Unſere Bildung, unſer geiſtbelebendes Schriftthum, unſer Verkehr der anregenden und heitern Geſelligkeit iſt vaterländiſch und wurzelt in der Mutterſprache. Schon die Männer unter uns, wenn ſie nicht durch Beruf oder beſondere Neigung vorzugsweiſe der hebräiſchen Literatur ſich befleißigen, haben eine ſehr geringe Vertrautheit mit deren Sprache; unſere Frauen und unſere Jugend ſind ihr bereits ganz entfremdet, und dieſes Verhältniß wächſt mit raſchſter Eile. Keine Klage nützt, keine Anklage iſt gerechtfertigt gegenüber der Macht der Geſchichte, deren Einfluß wir nicht etwa reſignirt übernehmen, deren Heil wir vielmehr dankbar verehren müſſen. Dem gegenwärtigen Geſchlechte, noch mehr dem der nächſten Zukunft wird daher der beſtehende Gottesdienſt ganz unverſtändlich, es vermag ſich an ihm nicht zu betheiligen und entzieht ſich ihm immer mehr. Das iſt die unum= ſtößliche Thatſache, die hier mehr dort weniger ganz nackt hervor= tritt; da nützt kein Flickverſuch und kein Verdecken. „Der Sabbath, ſagen aber die alten Lehrer, iſt euch übergeben, nicht ihr dem Sab= bathe". Gottesdienſtliche Feier iſt des Menſchen wegen und nicht der Menſch nach ihr einzurichten.

Die Geſchichte hat das Urtheil geſprochen, wenn es auch noch nicht vollzogen iſt. Unſer Gottesdienſt muß und wird in naher Zukunft ſeine ſprachliche Neugeburt feiern. Die Zeit dafür iſt

jedoch noch nicht da. Noch ſind Beſtandtheile in der Gemeinde
vorhanden, die bei aller Klarheit des Geiſtes und Wärme des
Herzens mit ihren Jugenderinnerungen und Gewohnheiten in der
Zeit des altbefeſtigten hebräiſchen Gottesbienſtes wurzeln, und dieſe
Männer ſind tüchtige Kräfte innerhalb der Gemeinde, ſind die
Träger tiefen jüdiſchen Sinnes. Die volle Löſung würde tief ver=
wunden und eble Theile verletzen. Die Umwandlung darf für jetzt
keine vollſtändige ſein, ſie muß angeſtrebt, darf blos allmälig voll=
zogen werden. Hier iſt der Weg des Compromiſſes der
einzig richtige, die gegenſeitige Verſtändigung, die angemeſſene Thei=
lung, in der ein Jeder das Seine erhält, der Eine das alte lieb=
gewordene Bekannte nicht vermißt, dem Anbern das nothwendige
Neue bargereicht wird. Dem hebräiſchen Texte, der doch der über=
wiegende bleiben wird, muß in dem Gebetbuche eine Ueberſetzung
ober richtiger eine angemeſſene Bearbeitung in der Mutterſprache
zur Seite gehn, die zum Verſtändniſſe des vollen Inhaltes führt,
Die deutſchen Gebete müſſen möglichſt kurz ſein, nicht ſtereotyp
werden, ſondern abwechſeln. Ueberhaupt aber kann was jetzt
gegeben werden kann, nicht muſtergültig ſein für alle Zeiten, wir
müſſen es der nahen Zukunft überlaſſen, das Werk der Neubelebung
zu vervollſtändigen.

Was von der Sprache, gilt auch

II. von der Dauer des Gottesbienſtes.

Unſer Gottesbienſt iſt zu einem Umfange angewachſen, der
ſeinem wahren Zwecke hinderlich iſt. Man hatte bei ſeiner Grün=
bung die Mahnung eines Lehrers überhört, der einſichtsvoll aus=
ſprach: „wenn das Gebet zur feſtſtehenden Formel gemacht wird,
hört es auf Herzensergießung zu ſein". Die nationalen Erinne=
rungen und Hoffnungen vor Allem erhielten ihren unverbrüchlichen
dauernben Ausbruck: das Gedenken der Väter, die Ueberzeugung
von der Auferſtehung und der Reſtauration, die Bitte um Wieder=
herſtellung des Tempels und des Tempeldienſtes mit dem Prieſter=
ſegen durfte niemals fehlen, und die verſchiedenen Gebete des Preiſes
und die Bitten für die geſammten wie für die privaten Angelegen=
heiten lehnten ſich baran, Anfangs in freier Form, bann gleichfalls
in beſtimmter Ausprägung. Was bann zu verſchiedenen Zeiten als
neues Bebürfniß ſeinen Ausbruck verlangte, trat als Zuthat hinzu,

die dann wieder zur feften Norm wurde und fo die Gebetfammlung immer mehr anfchwellte. Schon im Mittelalter fühlten fich die Gemeinden dadurch beengt und kürzten an manchen Stellen ab. Der Mißftand ift für unfere Zeit aber viel fühlbarer. Wir legen nicht den Nachdruck auf eine gewiffe Anzahl von Gebeten, die als pflichtgemäß gefprochen werden müffen, nicht auf die Maffe, mit der wir den Himmel bedrängen, fondern auf die andächtige Gefinnung, die fie erwecken, mit der wir fie begleiten, eine Anforderung, die zwar theoretifch von den Alten anerkannt und aufgeftellt, die aber für die Praxis immer weniger befolgt wurde. Die lange Dauer des Gottesdienftes nimmt daher nicht blos mehr als die ihm zuzumeffende Zeit weg, fie entzieht ihm noch ein Wefentlicheres, die Andacht. Ja, die Dauer des Gottesdienftes müßte unter uns noch zunehmen, wenn allen neuen Bedürfniffen genügt würde, ohne daß das Hergebrachte verkürzt würde. Die größere Beachtung, welcher unter uns die äfthetifche Form des Gottesdienftes fich erfreut: regelmäßiger Gefang, Orgelbegleitung — Anforderungen, deren Berechtigung heutigen Tages zu erörtern überflüffig ift —, der Hinzutritt von Beftandtheilen in der Mutterfprache erweitern die Zeitdauer noch mehr. Es müffen eigentlich mit Ausnahme eines kleinen Stammes, wie des Schema (des Bekenntniffes von der Gotteseinheit), der Keduschah (der Anerkennung von der Heiligkeit Gottes), die übrigen Gebete den Charakter der typifchen, d. h. der jedesmal in voller Anzahl zu wiederholenden, verlieren, fie müffen abwechfelnd gefprochen werden, fie gewinnen auch an Eindringlichkeit, die Betrachtung wird lebhafter angeregt, die Verfenkung in fie ficherer ermöglicht, wenn fie nicht wegen der beftändigen Wiederholung unbewußt den Lippen entgleiten.

Diefe Einrichtung wäre offenbar die zweckmäßigfte, indem fie nicht blos dem von Außen drohenden Uebelftande der überlangen Dauer, fondern auch dem innern, der das Gebet zur Gewohnheitsfache entwürdigt, abhelfen würde. Auch hier jedoch wird Schonung verlangt und gewährt werden müffen. Die Befucher des Gottesdienftes werden manches Stück nicht entbehren können, fie werden das Charakteriftifche der Gebetübung vermiffen, wenn fie gewiffe Beftandtheile nicht jedes Mal wieder vernehmen. So fehr der Gedanke der Abwechslung feftgehalten werden muß und die Nothwendigkeit der Abkürzung drängt, fo wird dennoch auch hier ein Compromiß geboten und ftatthaft fein, und ein allmäliges, weniger merkliches Vorgehn in diesem Sinne empfiehlt sich als zweckentsprechend.

III. Der Inhalt.

In diesen und ähnlichen Mißständen, welche doch immer mehr das Aeußere des Gottesdienstes betreffen, wenn sie auch tief mit seiner innern Bedeutung zusammenhängen, läßt sich eine Vermitte= lung anstreben, lassen sich anbahnende Uebergänge vornehmen, und so sind solche anzurathen, um eine Versöhnung zwischen Ver= gangenheit und Zukunft herbeizuführen. Anders aber ist es bei dem Inhalte der Gebete. Wenn in ihm Gedanken ausgesprochen werden, die wir nicht theilen, Hoffnungen und Wünsche, die uns nicht erfüllen, ja wenn Bitte und Sehnsucht sich an Empfindungen anlehnen, welche wir als überwunden betrachten müssen, welche nicht blos wir abweisen, welche auch das Judenthum zu allen Zeiten bekämpft, sie höchstens nur durch den geschichtlichen Drang gebuldet hat — sobald uns dieser Widerspruch zum Bewußtsein gekommen, dann ist kein Gehenlassen beim Herkommen, auch keine vermittelnde Abschwächung mehr gestattet, hier wird die ernste Entscheidung, die volle Geltendmachung der gewonnenen Ueberzeugung verlangt. Der Irrthum darf nicht im Gesammtausspruche gebuldet, das Bekennt= niß, welches der Gottesdienst enthält, nicht durch falsche Darstellung verdunkelt, entwürdigt werden. Und solche Punkte giebt es, über die die Entscheidung balbigst getroffen werden muß; eine jede Zögerung ist Religionsverläugnung, ist Entstellung, Verhöhnung unseres religiösen Bewußtseins.

1. Das versuchte Sohnesopfer.

Die erste Großthat des Judenthums war der Kampf gegen das rings umher herrschende Menschenopfer. Das eigne Kind darzubringen galt bem bortigen Heidenthume, den Verehrern des Moloch, als höchster Gottesdienst; diesem Opfer schrieb man die höchste versöhnende Kraft bei, es zu vollziehen war die größte Selbstentäußerung des Menschen, war es ja die willige Hingabe des Liebsten, um seine Unterwürfigkeit zu beweisen. Man verehrte in seinem Gotte die starre Macht; nur durch blinde Unterordnung, durch Ertödtung aller sonstigen Menschengefühle konnte man ihr nahen, sich als treuen Knecht bewähren. Das Judenthum verwarf

diefe Art des Gottesdienstes als Greuel, es bekämpfte mit Aus=
dauer diesen Act der Barbarei; es verehrte Gott wohl als den
Allmächtigen, aber vorzugsweise als den allliebenden Vater, dem
man sich nicht durch Abtödtung, sondern durch Ausbildung aller
edlen menschlichen Empfindungen nähere. Die unübersteigliche Scheide=
wand zwischen seinen Bekennern und den sie umgebenden Völkern
bildete der Umstand, daß diese „allen Greuel, den Gott haßt, ihren
Göttern vollziehen, daß sie auch ihre Söhne und Töchter im Feuer
ihren Göttern verbrennen (als Brandopfer darbringen)" (5. Mof.
12, 31), und damit nicht etwa der Irrthum Platz greife, ein
Solches sei blos ein Greuel, wenn es den Götzen dargeboten
werde, sei aber wohlgefällig, wenn es dem wahren Gott geschehe,
geht die Warnung voraus: „Du sollst nicht also thun Gotte
Deinem Herrn". Diesem grausamen Wahne tritt auch der
Prophet entgegen, wenn er die falsche Frömmigkeit sprechen läßt:
„Womit soll Gotte ich entgegenkommen, mich beugen vor dem
Herrn der Höhe? ... Soll meinen Erstgebornen ich ob meines
Frevels geben, des Leibes Frucht zur Sühne meiner Seele?", er
aber darauf erwiedert: „Er sagte Dir, o Mensch, was gut ist,
und was als Gott von Dir Er fordert, nur das: das Recht
ausüben, Milde lieben, bescheiden wandeln mit Deinem Gotte"
(Micha 6, 6—8). Mensch sein in der edeln Bedeutung des Wortes
und Gott in seiner Heiligkeit und Allgüte erfassen, das wird in
großartiger Einfachheit als Summe jüdischer Frömmigkeit proclamirt.

Mit dieser Waffe führt das Judenthum einen langen heißen
Kampf gegen den frevelhaften Irrthum, der um es her, auch im
Innern des eignen Volkes seine Opfer blutig forderte. Alle geschicht=
lichen und prophetischen Bücher sind voll von diesem Kampfe gegen
eine Verblendung, die ihre schaurige Erinnerung an das Gehinnom,
das Thal der Söhne Hinomm's, knüpft, an den Ort, welcher als
die Stätte solcher Thaten des Wahnes im Andenken des Volkes
der Ort des tiefsten Grauens, der dauernde Aufenthalt aller wüsten
Bosheit blieb. Wo die Bücher auf diesen Greuel zu reden kom=
men, da ist es wie wenn ein unheimliches Erzittern durch ihre
Worte ginge, da steigert sich der Unwille zum heftigsten Abscheu.

Dieser ununterbrochene heilige Kampf für die große Grund=
wahrheit, welche ebenso für die erhabenere Gotteserkenntniß wie
für das edlere Verhalten des Menschen entscheidend ist, führte zum
herrlichen Siege, und dieser Sieg ist das Resultat des Eifers aller

Höhergefinnten, aller wahren Bekenner des Judenthums, ist die
Frucht einer langen weltgefchichtlichen Erziehung, aber wird auch
fchon als in ber Urentftehung des Judenthums, im erften Gründer
des wahren Glaubens vollzogen vorgeführt. Bereits dem
er ften Stammvater, Abraham, ber aus bem Gözen=
bienfte fich zum reinen Glauben emporringt, wird
biefer Act, zu bem er fich verftehen will, verwehrt.
An der Schwelle Deiner Gefchichte follft Du es erfahren, was bas
wahre Judenthum ift, wofür es fo lange gerungen; in feinem
erften Bekenner tritt ber Zwiefpalt, aber auch ber Sieg ber Wahr=
heit für alle Zeiten auf. Daß Abraham bereit war fein Liebftes
herzugeben, bas kann ihm nicht als befonberes Verbienft angerechnet
werben; er würbe biefes Verbienft mit ben unzähligen Moloch=
bienern, welche nicht blos ·gleiche Bereitwilligkeit zeigten, fonbern
auch bas Opfer wirklich vollzogen haben, theilen. Im
Gegentheile, baß Abraham verhinbert wurbe bas Schaueropfer bar=
zubringen, baß er es unterlaffen, ift bie große grunblegenbe That=
fache, mit ber ber Stammvater ben von ihm fich forterbenben
Glauben inaugurirt. Das ift bie unzweibeutige Gebankenrichtung,
welche bas ganze jübifche Schriftthum aufs Beftimmtefte ausfpricht
unb welche übereinftimmend bie erfte Thatfache, mit ber es feine
weltgefchichtliche Miffion antritt, offenbart. Wir überlaffen es beß=
halb ben Bibelerklärern, fich mit ber Art wie ber Bericht über
biefen Opferungsverfuch von Seiten Abraham's fich ausbrückt, aus
einanber zu fezen. Uns ift unb bleibt biefe Erzählung eine
Beftätigung für bie Grunbwahrheit bes ganzen Judenthums, für
bie Verabfcheuung eines jeben Menfchenopfers, für bie Fernhaltung
eines jeben Gebankens, baß Gott ein folches verlangen, baß ber
Menfch burch feine Bereitwilligkeit bazu Gott wohlgefällig fein
könne. So beziehen fich auch fämmtliche Bücher ber heiligen Schrift
niemals auf ben Opferverfuch Abraham's, rufen, fo oft auch bie
Erinnerung geweckt wird, niemals fein Verbienft an, baß er
feine Vaterliebe zu unterbrücken nicht angeftanben, um Gott zu
gehorchen.

Ja, ber Sieg ift längft errungen, unb feit ber Rückkehr aus
bem Exile ift keine Spur mehr felbft von einem Kampfe gegen
Menfchenopfer, weil fie innerhalb Ifrael's völlig getilgt finb, unb
eine Verherrlichung bes Verfuches zu einer folchen That als eines
Gehorfamactes wäre widerfinnig gewefen. Unb heute follte man

es wagen dürfen uns einen Gott vorzuführen, der ein Kindesopfer, wenn auch nur verſuchsweiſe, anordnet, den als Muſter der Fröm= migkeit darzuſtellen, der ſich zu einem ſolchen bereit erklärt? Un= möglich! Unſer Gott iſt kein Götze, unſere Frömmigkeit nicht fühlloſe Barbarei. Und wir ſollten dennoch im Gebete dieſen Verſuch Abraham's preiſen, das Verdienſt, das er ſich damit erworben, für uns als Gnadenſchatz in Anſpruch nehmen?

Solche Stellen kommen aber in unſern Gebeten vor, nicht zwar in den täglichen, nicht in denen für Sabbath und Feſttage, wo doch überall das Andenken der Väter gefeiert wird, wohl aber gerade in denen für Neujahr und Verſöhnungstag. In dem Mußafgebete des erſteren heißt es: „Es möge vor Dir (o Gott,) ſichtbar ſein, wie unſer Vater Abraham ſeinen Sohn Iſaak auf dem Altare gebunden und ſein Erbarmen bewältigt hat, um Deinen Willen mit vollem Herzen zu thun, alſo möge auch Dein Erbarmen Deinen Zorn über uns bewältigen ... So gedenke heute das Binden Iſaak's ſeinen Nachkommen in Barmherzigkeit!" Nun wahrlich, wenn dieſe und ähnliche Aeußerungen nicht Verleugnung des Judenthums, nicht Entwürdigung Gottes und des Erzvaters, nicht götzendieneriſches Bekenntniß ſind, dann giebt es überhaupt keinen Götzendienſt, dann kann jede falſche Frömmigkeit mit dem Glorien= ſchein der Hingebung verherrlicht werden. Man fragt vielleicht, wie es möglich geweſen, daß ein ſolcher Widerſpruch gegen die eifrigſt verfochtene Wahrheit doch in die Gebetſammlung eingedrungen? Ich glaube nicht, daß es ein Ueberreſt des alten Wahns iſt; denn er iſt, wie geſagt, blos eine traurige Ausnahme gerade an dieſen Tagen, und er würde, wenn noch irgendwie herrſchend, einen breiteren Ausdruck in allen Gebeten gefunden haben. Eher dürfte er die beklagenswerthe Einwirkung der außerhalb herrſchenden Religion geweſen ſein. Unbewußt ſchlich ſich der Gedanke, daß durch ein Sohnesopfer der Zorn des himmliſchen Vaters beſänftigt worden, in anderer Form ein; es iſt wie eine dunkle Eiferſucht, dem andern Glauben den Vorzug nicht zu laſſen, daß er das Sühneopfer des Sohnes für ſich geltend mache. Doch ſei dem wie ihm wolle, mochte das Mittelalter in ſeinem Gedankenſchlummer aus welchem Grunde auch ſich eine ſolche Verkennung des Grund= princips des Judenthums gefallen laſſen, wir haben nun erkannt, daß in ſolchem Opferungsverſuche kein Verdienſt liegt, wir dürfen eine ſolche Handlung nicht als Verdienſt in Anſpruch nehmen. Ein

Erwartung, daß ſie uns den vollen Ausdruck einer längſt verſcholle=
nen Vergangenheit zurückbringe, ſie ſoll uns alle lebensfähigen
Keime der Erkenntniß und der Sittlichkeit aus Vergangenheit und
Gegenwart zur vollen Wahrheit, zum ſiegreichen Rechte entfalten
und in's Leben einführen. Das Opfer gilt uns als ein ungeeig=
neter Ausdruck unſeres Verhältniſſes zu Gott, dem wir, nach der
richtigen Erkenntniß unſerer Propheten, nicht mit der ſinnlichen
Gabe, ſondern mit dem gereinigten Geiſte und Herzen nahen ſollen.
Die Bitte um Wiederherſtellung des Opferdienſtes iſt in unſerm
Munde eine Lüge; aber auch die Erinnerung an ſeinen ehemaligen
Beſtand bietet für uns kein religiöſes Moment.

Dennoch iſt die herkömmliche Gebetordnung von zahlreichen
Stellen durchzogen, welche dieſe Bitte wiederholen, beſonders der
Theil des Gebetes, welcher zur Verherrlichung der Feier= und Feſt=
tage dient. Dem Zuſchuſſe von Opfern, welcher dieſe Tage im
Tempel auszeichnete, entſpricht das Zuſatzgebet, das Muſaf,
welches heren Gottesdienſt nunmehr charakteriſirt, und in ihm
gerade iſt das Verlangen, wieder den Opferdienſt hergeſtellt zu
ſehen, mit beſonderem Nachdrucke betont. Das Verlangen iſt jedoch
bei uns nicht vorhanden, darf nicht vorhanden ſein, es wäre traurig,
wenn wir den Rückfall von der Erhebung im Geiſte und im Worte
zum rohen Darbringen von Thieren machten. Das fühlte man,
und man nahm überall wo nicht das ſtarre Kleben an dem Beſtehen=
den alles Denken und Empfinden verdrängte, mit dieſen Stellen
Aenderungen vor. Die Bitte, daß der Tempel wieder errichtet
werde und das Gelöbniß, dann in ihm auch wieder wie ehedem
den Opferdienſt in gleicher Weiſe zu vollziehen, wurde in neuerer
Zeit erſetzt durch die Bitte, Gott möge unſere Gebete wohlwollend
aufnehmen, welche nunmehr die Stelle der ehemals
von unſern Vorfahren dargebrachten pflichtmäßigen
Opfer vertreten, ſo wie dieſe Jhm wohlgefällig
geweſen, und dann werden in Ausführlichkeit die
Opfer des Tages aufgezählt. Iſt das wirklich der volle
Ausdruck des geſunden Gedankens? Nein! Die Lüge iſt verhüllt,
nicht beſeitigt, die Bereitwilligkeit, den gewonnenen höheren Stand=
punkt ſobald wie möglich wieder aufzugeben, um den früheren
niedrigeren wieder einzunehmen, wird vertuſcht und dennoch nicht
ausgemerzt, da ja beide einander gleichgeſtellt werden, der Opfer=
dienſt in aller Breite der Erinnerung vorgeführt und ſomit in

seinem, man weiß nicht ob gleichen ob höheren Werthe anerkannt
wird. Ist das nicht gleichfalls Verleugnung der besseren Ueber=
zeugung? Wozu aber dies Markten mit dem überkommenen Buch=
staben? Erkennen wir doch freudig an, daß die Entwickelung
innerlich schon vor Jahrtausenden von den Besten im Judenthum
mit klarstem Bewußtsein angebahnt, von der Geschichte dann äußer=
lich vollzogen worden, und überlassen wir die Erinnerung an den
lange getrübten Ausdruck der Geschichtsbetrachtung; sollte sie eine
Stelle im Gebete finden, so dürfte sie nur als D a n k erscheinen,
daß wir nun jene frühere niedere Gedankenrichtung voll überwunden,
keineswegs aber in elegischem Tone, im romantischen Spiele mit
verblichenem Glanze. Aber besser ist, daß d i e s e Erinnerung ganz
aus dem Gebete schwinde; lassen wir den Vergleich mit den früheren
Zeiten, wir wollen lieber den Zusammenhang mit ihnen in dem
ernsten Kampfe für die Wahrheit, in der treuen Hingebung für die
hohen geistigen Güter fest erhalten, enger knüpfen, ihn nicht lockern
durch die Aufdeckung der Mängel, welche der Vergangenheit anhaften
müssen, wenn menschheitliche Entwickelung überhaupt nicht zum
Unding werden soll. Wir sollen die Väter ehren, indem wir des
reichen Erbes eingedenk sind, das sie uns zugeführt, nicht die
Wunden bloslegen, die ihnen eine Trauerzeit auch geistig geschlagen.

Also auch die Erwähnung des Opferdienstes, unter welcher
Form es sei, falle! Es mag am Versöhnungstage die ergreifende
Darstellung, wie vor Jahrtausenden unter Anleitung des Hohen=
priesters Sündenbekenntniß und Bitte um Versöhnung in tiefer Selbst=
demüthigung ausgesprochen worden, auch uns weiter zum Einblicke in
uns selbst anregen; aber auch hier, und hier zumal, darf die breite
Erzählung, wie er Bock und Widder geschlachtet und was er mit den ein=
zelnen Theilen vorgenommen, die andächtige Empfindung nicht abtödten.

3. Jerusalem. Israel's Verhältniß zur Menschheit.

Die Wiederherstellung der alten Zustände — das war die
sehnsüchtige Erwartung für die Zukunft, das i st sie nicht mehr.
Wir verlangen nicht wieder nach Palästina zurück, wollen nicht eine
besondere Volksthümlichkeit darstellen, nicht einen eigenen Staat
gründen, wir erkennen vielmehr in allen Gauen der Erde die große
Heimath, lieben das uns zuertheilte Vaterland mit aller Seelen=
innigkeit, blicken vertrauend der großen Verheißung entgegen, daß
voll die Erde werde der Erkenntniß Gottes, ein großes Heiligthum,
und daß an j e d e m O r t e wo wir Gott preisen, Er zu uns kommen

und uns segnen werde. Keine lügnerische Bitte um Wiederher=
stellung eines jüdischen Staates, um Sammlung der Zerstreuten
nach dem fernen Winkel des Ostens überschreite die Pforten unserer
Lippen, auch die Klage um die dahingeschwundene alte Herrlichkeit
schweige! Diese Aenderung ist auch meistens in den erneuten
Gebetordnungen vorgenommen worden, und mit vollem Rechte.
Der Zwiespalt zwischen der Wirklichkeit, nicht blos der Zustände,
sondern auch der Empfindung, und den zu flacher Sentimentalität
herabgesunkenen ehedem romantisch genährten phantastischen Gebilden
muß getilgt werden. Jerusalem bleibt uns der heilige Quell,
aus dem in der Vergangenheit die Lehre der Wahrheit entsprang,
der Quell ist nun zum mächtigen Strome geworden, welcher befruch=
tend sich über die ganze Erde ergießt. Der gegenwärtige Trümmer=
haufe Jerusalem ist für uns höchstens eine poetische wehmüthige
Erinnerung, keine Geistesnahrung; keine Erhebung, keine Hoffnung
knüpft sich an ihn. „Von Zion ist die Lehre ausgegangen, und
das Wort Gottes von Jerusalem" mag froh von uns verkündet
werden, und bei dem wandelbaren Ausdrucke, welchen die Zeit=
vorstellungen im Hebräischen ertragen, bedeutet das Schriftwort für
uns nicht buchstäblich, die Lehre werde von dort ausgehen, sondern
sie gehe aus, sei von dort ausgegangen. Jerusalem ist uns ein
Gedanke, keine räumlich begränzte Stätte. Wo der Wortsinn der
Gebete jedoch das Mißverständniß aufkommen läßt, daß dem O r t e
unsere Huldigung dargebracht wird, da muß ein solches beseitigt werden.
    Anders verhält es sich mit I s r a e l s S t e l l u n g u n d B e r u f.
Wir müßten aufhören Juden zu sein, wenn wir glauben sollten,
unsere weltgeschichtliche Mission sei zu Ende, wenn wir dem Gedanken
Raum gäben, die uns gestellte Aufgabe sei längst vollzogen, unsere
Sonderstellung als G l a u b e n s g e n o s s e n s c h a f t sei blos ein
Erbe aus der Vergangenheit, nicht ein noch fortdauerndes Zusam=
menhalten zu eigenthümlichem gemeinsamem Heilswirken in Gegen=
wart und Zukunft. Nein, unsere Aufgabe ist noch nicht erfüllt,
unsere Tage sind nicht abgelaufen; noch sind wir die Zeugen der
Gotteseinheit, der aus sich heraus zur Reinheit emporstrebenden
Menschennatur, der Völkerverbrüderung in Wahrheit, Gerechtigkeit
und Liebe, Zeugen für die ganze Menschheit, die bald durch das
eigne treue Festhalten in Stille belehren, bald auch durch das
muthige Wort die Lehre weithin verkünden. Israel ist als geistige
Lebensmacht noch nicht erloschen, seine weltgeschichtliche Bedeutung
nicht geschwunden, aber es erfüllt seinen Beruf nur dann in Wahrheit,

wenn es für die ganze Menschheit, in ihr und mit ihr zu wirken das Bewußtsein hat. Jede Absperrung, sei es phantastisch volks= thümliche oder religiöse, jede Ueberhebung und Selbstbespiegelung trübt diese Aufgabe, zerstört seinen Beruf. Es mag verzeihlich, ja nothwendig und heilsam gewesen sein in Tagen schweren Druckes, tiefer Seelenleiden, wo sich der Jude in sich zurückziehen, aus seinen Wunden Trost und Erhebung schöpfen mußte; nun aber gilt es, mit freiem Blicke, in liebendem Anschlusse der Gesammtheit zu spenden wie von ihr zu empfangen. Ausdrücke des Dankes, daß Gott abgesondert Israel von den Völkern, daß er — wie es in der üblichen Form des „'Alenu" lautet — „uns nicht gemacht wie die Völker der Länder, nicht gesetzt wie die Stämme des Erdbodens, nicht unsern Antheil gesetzt wie den jener, unser Loos wie das ihrer Menge", diese und ähnliche Ausdrücke widerstreben unserer ganzen Empfindung, geben zur Verkennung unserer ganzen Aufgabe Veranlassung. Im etwaigen Hinblicke auf die Vergangenheit sind sie überflüssig, auf die Gegenwart bezogen, zu welcher Deutung sie dem ganzen Zusammenhange nach verleiten, werden sie zu dünkel= hafter Selbstgefälligkeit. Wir wollen wahrlich unsere Eigenthüm= lichkeit nicht verläugnen, wir wollen den trefflichen Geistesboden, auf dem wir wurzeln, festhalten und sorgsam pflegen, aber wir dürfen ebensowenig verkennen, daß es dieser Pflege ernstlich bedarf, daß der Boden von den wuchernden Schlingpflanzen gereinigt werden muß, wie andererseits daß auch die übrige Menschheit nicht umsonst gerungen, ihr Mühen nicht ein eitles gewesen. Vereint mit ihr, ein jeder Theil nach seinem Erbe, nach seiner Begabung, wollen wir die Wahrheit fördern, lehren und lernen, freudig geben und empfänglich annehmen, aber nicht abseiten stehn in gering= schätzendem Hochmuthe, und sei dieser auch nicht beabsichtigt, so doch sich unwillkürlich einschleichend. Wozu jene immerwährende Wieder= holung der Phrase: „der uns erwählt hat aus allen Völkern" oder gar „uns erhoben über alle Sprachen", was soll dieses eitle Selbstrühmen, und gälte es blos als einleitend zum dafür schuldigen Danke? Sprechen wir immerhin es aus: der uns erwählt hat, erkennen wir den Beruf, den die Weltgeschichte uns aufgetragen und dem wir treu bleiben sollen, werden wir der Pflichten inne, die er uns auferlegt: wozu aber der Seitenblick, der im Vergleiche liegt und dem unberechtigten Stolze so leicht Nahrung giebt? Wer seiner Kraft und Tüchtigkeit sicher ist, prunkt nicht damit; nur der Kleinliche führt sie im Munde, und sein Thun straft seine Worte

bann Lügen. Es ist keine Gottesverehrung, die Saat der Trennung,
wo sie unnöthig ist, in die Gemüther Tag für Tag ausstreuen;
die Folge davon ist entweder, daß auch der Keim wirklicher Ent=
fremdung genährt wird oder — was gegenwärtig mehr der Fall
ist — daß die Worte gedankenlos hergesprochen werden, hie und
da mit einem innern Proteste oder mit einem überlegenen Lächeln
über solche kindische Ausbrucksweise. Das ist nicht Andacht, nicht
Seelenreinigung, solche Anstöße müssen weggeräumt werden.

Ich habe hier allgemeine Gesichtspunkte aufgestellt und es
vermieden, die Beispiele zu häufen, eine reiche Lese aus dem vor=
liegenden Materiale zusammenzustellen. Ist man über den Gedanken
einig, so läßt sich die Reinigung bei der Ausarbeitung unschwer
ausführen. Aber der Entschluß muß vorhanden sein, und ihn zu
fassen ist es hohe Zeit, wenn nicht unser ganzer Gottesdienst zur
Ruine, die blos hie und da flitterhaft aufgeputzt ist, werden soll.
Ich weiß es, es läßt sich jeder Ausbruck künstlich umbeuten, gewalt=
sam rechtfertigen; aber wir sollen beim Gebete natürlich, einfach,
ohne mögliches Mißverständniß sprechen. Man kann sich romantisch
echauffiren, unsere Ahnen beschwören, jeden Blutstropfen vorführen
der für jedes Wort vergossen worden, jeden Seufzer, der sich mit
ihm aus der Brust gerungen und so ein krankhaft poetisches Interesse
dafür erwecken. Man verlängert damit die Krankheit statt daß
man die Heilung anstrebt; dieses aber ist die Aufgabe wahrer
Religion, gesunder Poesie. — Man kann sich vornehm von solchen
Versuchen abwenden, seine Schlaffheit in die Hülle höherer Betrachtung kleiden, die Alles der von selbst sich ergebenden Entwickelung
überläßt. Allein das ist nur Vorgeben, nur Bemäntelung der eignen
Kühle und Ohnmacht. Wo ein Bedürfniß ist, da müssen die Menschen
in der Zeit, welche es erkennen, sich zu Trägern des Dranges nach
seiner Befriedigung machen und Hand anlegen; wo ein Gebrechen ist,
da darf der Arzt nicht blos der Natur dessen Heilung überlassen,
er muß sie belauschen und thun, was sie zu ihrer Unterstützung verlangt.
So wollen auch wir die Organe der gewonnenen Erkenntniß,
Werkzeuge des hervortretenden Bedürfnisses sein, und das Werk
wird gelingen. Scheuen wir nicht den Unverstand und die Trägheit,
die sich dagegen auflehnen möchten; ein jeder Fortschritt muß erkämpft
werden, um so lohnender ist der Sieg, der Frieden über Alle ausbreitet.

Druck von G. Kreysing in Leipzig.

Erscheint in
4 Quartalheften
zu 3 Bogen.

Jüdische

Abonnements-
Preis für den
Jahrgang 2 Thlr.

Zeitschrift für Wissenschaft und Leben.

Herausgegeben von **Dr. Abraham Geiger,**
Rabbiner der israelitischen Gemeinde zu Frankfurt a. M.

Sechster Jahrgang. 1868.

Verlag der Schletter'schen Buchhandlung (H. Skutsch) in Breslau.

Die „jüdische Zeitschrift für Wissenschaft und Leben" schreitet zu
ihrem sechsten Jahrgange frohen Muthes vor. Sie war und ist
sich ihres Strebens bewußt und hat sich mit ihm warme Freunde
erworben. Sie nimmt es ernst mit der Aufgabe, die Aufmerksam-
keit auf wichtige Fragen zu lenken, deren richtige Beantwortung
allein uns die Erkenntniß der Vergangenheit erschließt und zu einer
fruchtbaren Gestaltung der Gegenwart führt. Die Fragen die sie
vorhält und zu deren Lösung sie nach ihrem Theile ihren Beitrag
liefern will, richten sich dahin: Welches ist die bewegende geistige
Macht im Judenthum, die es hervorgerufen, ihm die wunder-
bare Lebenskraft gegeben? Was ist sein ewiger Gedanke, als
die unvollendete Form, in der es aufgetreten und die es noch
nicht abgelegt hat? Welche sind die Entwickelungsstufen und
Veränderungen, die es durchgemacht? Wie ist es die Mutter des
Christenthums geworden und wie verhält es sich zu dieser seiner
Tochter? Welche Aufgabe hat es noch gegenwärtig, ja ganz
besonders in der Gegenwart, die ihm die Bande des bürger-
lichen und damit auch des geistigen Druckes löst, um seinem
Zielpunkte entgegenzugehen? An diese Grundfragen knüpfen sich
naturgemäß wissenschaftliche und Zeitbetrachtungen mancherlei Art,
die mehr specieller Natur sind, aber im Dienste der höheren Aufgabe stehen.

Die Zeitschrift nennt sich eine „jüdische," weil sie auf dem
jüdischen Boden steht, ohne daß sie etwa in ihren Untersuchungen

sich von einer confessionellen Voreingenommenheit beengen läßt und ihren Blick vor der weiter allgemeinen Geistesbewegung verschließt. Sie arbeitet für das „Leben," wenn sie auch nicht die Ereignisse des Tages erzählt und bespricht, indem sie in ihnen Richtung und geistige Bewegung nachweist und in das Leben zu vertiefen sich angelegen sein läßt.

Was sie bisher angestrebt und geleistet, liegt vor, und indem sie getrost des Urtheils darüber gewärtig ist, glaubt sie den An-spruch erheben zu dürfen, daß der Kreis ihrer Theilnehmer sich im wissenschaftlichen christlichen wie im jüdischen Publikum vermehre. Christliche Gelehrte werden sich hoffentlich überzeugen, daß die in ihr niedergelegten Forschungen von ihnen nicht ignorirt werden dürfen, wenn sie sich mit allen Mitteln ausrüsten wollen, das eigene Gebiet in rechter Weise anzubauen. Die gebildeten Juden werden der Pflicht inne werden, einem Unternehmen förderlich zu sein, das sich die Aufgabe stellt, das Judenthum auf die Höhe der Zeit zu erheben, in ihm die ureigene schöpferische Kraft zu beleben; sie werden diese Pflicht erkennen, wenn sie auch mancher dazu erforderlichen gelehrten Arbeit nicht folgen können.

Die Zeitschrift erscheint wie bisher in Groß-Octav-Format, in vierteljährlichen Heften von fünf Bogen zum Preise von zwei Thalern für den Jahrgang, zu welchem Preise dieselbe von allen in- und ausländischen Buchhandlungen, so wie auch direct von der Verlagshandlung, unter Streifband, zu beziehen ist. —

Die Unterzeichneten geben sich der Hoffnung hin, daß diese Aufforderung genüge, dem Unternehmen eine noch lebhaftere Betheiligung als bisher zuzuwenden, und dürfen sie dieses Verlangen mit dem guten Bewußtsein aussprechen, daß sie nicht von gewinnsüchtiger Speculation geleitet werden, sondern von dem Bestreben, in weiteren Kreisen eine heilsame Bewegung anzuregen.

Breslau, im März 1868.

Die Redaction:

Dr. Abraham Geiger,

Rabbiner der israelitischen Gemeinde zu Frankfurt a. M.

Die Verlagshandlung:

Schletter'sche Buchhandlung
(H. Skutsch).

Abonnements-Schein.

An die Buchhandlung ———————— in ————————

Unterzeichneter abonnirt auf

———— Expl. der „Jüdischen Zeitschrift für Wissenschaft und Leben," Sechster Jahrgang, 1868. Preis 2 Thlr.

(Verlag der Schletter'schen Buchhandlung (H. Skutsch) in Breslau).

Wohnort und Datum: Unterschrift:

Inhalt

des ersten bis fünften Jahrgangs
der „Jüdischen Zeitschrift für Wissenschaft und Leben."
Herausgegeben von Dr. Geiger, Rabbiner der israelitischen Gemeinde zu Frankfurt a. M.
Preis jeder dieser 5 Jahrgänge 1 Thlr. 20 Sgr.

Druck von S. H. Storch und Comp. in Breslau.

Druck von G. Kreysing in Leipzig.

OFFICE OF THE CHIEF RABBI,

22, FINSBURY SQUARE,

London, *E.C.*

With the Chief Rabbi's Compliments.

THE
RITE OF BAR-MITZVAH.

A SERMON

PREACHED AT THE

NORTH LONDON SYNAGOGUE

ON

SABBATH, APRIL 5th, 5662—1902,

BY THE

REV. DR. ADLER,
Chief Rabbi.

LONDON:
ALFRED J. ISAACS & SONS,
16, CAMOMILE STREET, AND BURY STREET, E.C.
1902.

THE RITE OF BAR-MITZVAH.

וְעַתָּה לְעֵינֵי כָל־יִשְׂרָאֵל קְהַל־יְיָ וּבְאָזְנֵי אֱלֹהֵינוּ שִׁמְרוּ
וְדִרְשׁוּ כָּל־מִצְוֹת יְיָ אֱלֹהֵיכֶם:

" Now, therefore, in the sight of all Israel the congregation of the Lord, and in the hearing of our God, keep and seek for all the commandments of the Lord your God.—*1 Chron. xxviii.*, *8.*

When any of the solemn and joyful events of life are about to happen to some member of an affectionate and united family, the thoughts and prayers of the rest are naturally directed to, and centered on him. In this your family, your synagogue, a youthful congregant attains his religious majority to-day. We feel with him ; we hope and pray for him. And I deem it right to address to him, and indeed to all who are here assembled, some words of loving encouragement and of serious counsel.

With this view I would speak to him, and to all of you, my dear brethren, young and old, on the spiritual significance of the Rite of Bar-Mitzvah.

The authorised expounders of the written law have ordained* that an Israelite, on attaining the age

---

* Aboth, chap. v., § 24.

of thirteen has to take upon himself the observance of the precepts of Judaism. Our teachers base this opinion upon a careful analysis of certain Bible texts, whence it appears, that an individual, on entering upon his fourteenth year is no longer termed a child, but various terms, signifying puberty and adolescence, are applied to him. At the age of thirteen the Jewish lad becomes בר מצוה, literally, a son of the commandment. He steps across the boundary of spiritual childhood and takes upon himself the responsibility of henceforth loyally keeping the commandments of our faith.

It has therefore been prescribed that, prior to his thirteenth birthday, the lad should have been carefully taught the duties henceforth incumbent upon him. And on the first sabbath after completing his thirteenth year he claims the privilege of ministering in the Synagogue, and of taking part in one of its most sacred rites—the public reading of a portion of the Holy Scriptures, as a sign and as a testimony that he understands, and that he is prepared to take upon himself the responsibilities which membership of the House of Israel entails. He devoutly pronounces the blessings, in which he offers his grateful thanks to the Lord for having chosen Israel for his earthly mission and his heavenly destiny. He thanks the Lord for having given us the Law of Truth, and thereby planted eternal life in our midst—appointed everlasting bliss as the reward of those who are faithful Sons of the Covenant, and prove themselves worthy members of a Kingdom of Priests and of a holy nation. In virtue of these declarations he yields and binds himself by lip, heart, and soul to his Father in Heaven, whose authority he acknowledges not for that day only but for his entire life. And we are told* of a usage that obtained from ancient times, that on this day the parents took their son to the Elders of Israel, who blessed the lad and prayed, that he might grow in strength, knowledge and the performance of good deeds, fair in body and goodly in action, his heart turned heavenwards. Verily! the rite is fraught with deep spiritual significance.

But if it is to exercise an abiding impression, certain conditions are essential. If the preparations for this day are suffered to be perfunctory and mechanical, if they are limited to the parrot-like repetition of the words to be read out to the congregation, then this ceremonial is degraded to a so-called religious rite, with all the religion omitted. The preparation for this day must not mark the commencement, it dare not be the conclusion of the lad's religious instruction. It is the bounden duty of every Jewish parent to bring the cardinal lessons of our faith, some ideas of God's love for us, and of the love we owe to Him, before the child's mind, at the first dawn of reason and to adapt those teachings to every successive step in the development of the child's intelligence. By the help of wise teachers, the book of revelation must be opened to him with its lessons of virtue and goodness. The history of our race with its chequered fortunes must be unfolded to him. The meaning of the various

---

* Massecheth Soferim, Chap. xviii., § 5.

ordinances we have to keep must be explained, that they are to serve as perpetual reminders of our duties to God and man, that they help to preserve the existence of our race, and to safeguard the sentiment of our religious kinship with our brother and sister Hebrews who are dispersed throughout the globe. Then when the eagerly awaited day comes, and the lad stands forth in the congregation of Israel to declare his allegiance to his God and his faith, the ceremonial will not be a mere unmeaning act, but a solemn turning point in his career, which will usher in a new life of high resolve and ideal aspiration, and, let us hope, of noble achievement. For the Bar-mitzvah will hear the solemn words that are addressed to his conscience. "Now, therefore, in the sight of all Israel the congregation of the Lord, and in the hearing of our God, keep and seek out all the commandments of the Lord your God."

These words contain a fundamental truth of our religion. Judaism does not call upon its votaries to exercise blind faith. It does not demand an un-questioning and unreasoning acquiescence in mysteries too hard to be understood. It does not tell you, These things are above your comprehension. Believe and be saved. No. Judaism bids you learn, study, search and obey. In Hebrew, the same verb ידע signifies "to know" and also "to love," so that with us Knowledge is more, and greater than Power—it is Love. Our knowledge and our love of God must be evidenced in our action, by hearkening to His voice and keeping His covenant. Ours is not to be a blind obedience. We must study and search the meaning of each single precept, and the influence it is intended to exercise upon us, both as individuals and as members of a great historic race, who have been set in the world to teach the sublime message of a pure faith and a pure life.

A few years ago, the scion of a house famous in Israel for its beneficence became Bar-Mitzvah. Many rich gifts had been presented to the lad. But his father pointed to the Tephillin he had given his son, and said "Cherish these memorials with reverence and piety. Forget not that the lessons they enshrine are older than the traditions of the most ancient aristocracy of Europe. The strips of parchment they contain, if their teachings are rightly understood and faithfully obeyed, are badges of higher worth than any patent of nobility." And, indeed, what more precious treasures can we possess in life than mementos, reminding us in the perilous hour of temptation that the love of God must be the master passion of our life, curbing every unlawful desire, and restraining every sinful propensity. For the הפלין contain, as you know, four little scrolls, on which are inscribed the fundamental doctrines and duties of Judaism. The first declares the Unity and the Eternity of the Godhead,—the highest belief to which mankind has risen, and the duty of loving him with a love that shall absorb our heart, and quicken our soul, and engross all our powers, mental and physical. And the second scroll speaks of the happiness in store for those who obey the mandate of the King of Kings, and of the shame and misery entailed upon those who turn away from him lured and dazzled by the vanities of earth. And the other two texts recall the miraculous redemption of Israel from Egyptian slavery,—that marvellous proof of the existence of an overruling Providence, who is still near unto us, and notes and hears every sigh of sorrow and every cry for help. These are the convictions which are to guide us in our daily life.

"In the sight of all Israel, the congregation of the Lord." Our young friends may justly ask, Is our entrance upon our fourteenth year an event of such moment that it should interest the congregation of Israel? Are we not young in years, unripe in knowledge, and, therefore, unfitted for action? In answer to this I will quote what was said by Lord Kelvin, when speaking of the far reaching influence of strains and vibrations.—" I lay this little piece of chalk upon a granite mountain, and it strains the whole earth." Now, what is true of the physical, applies in a much higher degree to the moral world. In the divine arrangement of the universe there is no human being nor any human act that may not exercise a far-reaching influence. You are aware, how great an influence for good an honourable school-boy may exercise in a class, how he can raise its tone, check insubordination, and promote good fellowship. Now, think of the responsibility that rests upon you as members of the Jewish race. We are told of the fierce light which beats upon a throne. There is a fierce light that ever beats upon the Hebrew. *Noblesse oblige.* We Jews are especially called upon always to act nobly and in a manly spirit. For there has been committed to us the high mission of teaching goodness and truth to the world by our example. We have therefore ever to be on our guard more anxiously than any other section of our fellow creatures.

You may think, dear friends, that I have represented life as very hard, as making unending claims upon your vigilance, and as taxing you beyond your strength. It is true, that life is not a fool's paradise nor a sluggard's garden.

" Not on flowery beds, or under shade
Of canopy reposing, heaven is won."

But if you have the right will and the good heart, the righteous action will follow of itself, and the path of duty will become light and pleasant. It is by seemingly little means that you can hereafter achieve great things. Let me illustrate this by a homely parable.

One day, as the shades of evening were closing in, a man living in a high tower took a small taper out of a drawer, lighted it, and began to ascend a steep, winding stair. " Where are you going ? " said the taper. " Away high up," replied the man, " higher than the top of the house where we live." " And what are you going to do when you arrive so high up ? " asked the taper. " I want you to signal to ships far out at sea, where the harbour is," replied the man, " for we are here at the entrance of the harbour, and vessels on the stormy sea are looking out anxiously for a light even now." " Alas ! " said the little taper, " no ship could ever see my poor little flickering light; it is so feeble." "What though your light is small" said the man, "do not let it be put out, and leave the rest to me." And higher and higher he went up the tower till he reached the top. And he took the little taper, and by its help kindled a number of large lamps arranged in a circle which stood ready there with big and brightly polished reflectors behind them. And the radiance of the lamps in the lighthouse penetrated the darkness for many miles around, and scores of vessels were warned off the sand-bank and guided in safety to the friendly haven. And all this had been the work of the tiny taper.

You think, and justly so, that your light at present is but of little account. But who can measure what it will become, if only you will persevere and gain knowledge and do your duty in life? Shine on and leave the rest to God. "Hast thou not known, hast thou not heard, that the everlasting God—the Lord, the Creator of the ends of the earth, fainteth not neither is weary? He giveth power to the faint; and to them that have no might, He increaseth strength. Even youths shall faint, and be weary. But they that wait upon the Lord shall renew their strength; they shall mount up with wings as eagles; they shall run and not be weary; they shall walk and not be faint."* At first sight these words seem to contain a strange anti-climax. First the prophet speaks of soaring high on wings, next of running, then of walking. Why, the next attitude would be that of standing still. But the inspired seer teaches us a wise lesson. There

---

* Isaiah, chap. xl., 28-31.

are those who early in life entertain high aspirations, and rush to realise them with passionate eagerness ! And when they find that they cannot attain their hopes forthwith, they are dispirited, and abandon all high ideals. It is not thus that the work of life is to be accomplished. Experience bids us find the climax in the common place. It is grand to have noble strivings, and to soar heavenwards. But it is grander still, without excitement, without dreaming, without haste, and without rest, to tramp on in the performance of life's duty with the head cool, the face set forward and the foot planted upon firm ground, quickened by trust and hope in God. " They shall walk and not be faint."

You, my dear Bar-Mitzvah* have this day reached . the age of religious duty and responsibility. Roman history relates, that when Hannibal's sons became of age he took them to the altar of their gods and made them swear perpetual hostility to the enemies of his country. Your father has summoned you to the table upon which the Torah is placed, that you may swear life-long allegiance to your faith. Your parents have given their thank-offering this day to the Synagogue, a precious scroll of the Law, so as to teach you the Love of the Law and the Law of Love, and to remind you of what the Bible has ever been to Israel and what it must be to you—your teacher, monitor, guide and friend. " Now, therefore, in the sight of Israel, the Congregation of the Lord, and in the hearing of our God, keep and seek all the

---

* Desmond Tuck.

Commandments of the Lord your God." In the solemn stillness of your heart, and in the presence of those to whom you are dear, whose soul is bound up with your soul, resolve and determine ever to be firm and unwavering in your attachment to your God and your faith. Loyalty must be written on your heart. Loyalty must be the mainspring of your life, so that after a career of sterling worth and usefulness you may be worthy to enter Heaven, "the land of the leal." And may the Lord in His mercy watch over you, protect and safeguard you !

The Lord bless thee and keep thee :

The Lord make His face to shine upon thee, and be gracious unto thee :

. The Lord turn His face unto thee and give thee peace. Amen